비어 있어도

시와소금 시인선 · 073

비어 있어도

김임순 시조집

시와소금

김임순 약력

- 경남 창녕 출생으로 2013년《부산시조》신인상과
  《시와소금》으로 등단하였다.
- 연암청장관문학상(2013년)과 공무원문예대전(2013년)
  행전안전부장관상을 수상했다.
- 시조집으로 『경전에 이르는 길』이 있다.
- 한국시조시인협회, 오늘의시조시인회의, 국제시조협회,
  부산시조시인협회, 부산문인협회, 부산가톨릭문인협회
  회원으로 있다.

- 전자주소: soonplip@hanmail.net

봄볕이 빈 밭을 가득 채운다.
기다린 듯 풀이 쑥쑥 올라왔다.
이파리 몇 개 단 칡뿌리에도 호미를 들이댄다.
하지만 칡은 여린 풀과는 사뭇 다른
단호한 몸짓이다.
만만찮은 뿌리의 힘.
주변 흙을 긁어내고 당겨 보지만
그 크기, 깊이를 좀체 알 수 없다.
얼마나 파야 질긴 뿌리에 닿을 수 있나.
봄볕에 얼굴을 내어주고
등허리를 다 내어주고
한나절을 다 보내고도
뿌리에 닿지 못한다.
그래도 손끝에 힘을 포기할 수 없으리.

시조의 곁에 닿는 길,
조심조심, 발걸음 추슬러 본다.

2018년 6월
김임순

| 차례 |

| 시인의 말 |

제1부 맨발의 청춘

제2부 보리누름에

제3부 늦은 호박

제4부 통증클리닉

제5부 가을, 청도는

작품해설 | 오종문

제 1 부

맨발의 청춘

시냇물

폭포를 견뎌 낸
시냇물의 저 맑은 얼굴

서늘한 소용돌이
눈물도 다 쏟아내고

비운 속
하늘을 담아
솔잎 하나 데려간다

짧은 편지

햇살이 곱기로 눈 아린 명주 같을까

간밤의 꽃샘추위에 밤새 신열을 앓다

제 속내 다 비우고서 환희 합창 터뜨린다

뻐꾸기 울거든

꽃향기
퍼 나르는 사월 바람 부산하다

들머리밭 아지매한테
참깨 언제 심느냐니

"뻐꾸기 뻐꾹뻐꾹 울거든 그때 심으이소"

숲속을
둘러봐도 죄 소리만 걸려있는

구성진 울음 장단
눈물 없이 울기 좋은 날

참깨 꽃 하얀 이야기 나비처럼 펄럭인다

우수 경칩

서릿발 녹여내며
기척 없이 닿은 문장

살금살금 걸어와
소리 없이 눕는다

산골짝
바위도 따라와
납매臘梅 향기 풀어놓다

부채 바람

한 여름밤
속을 비운
아슴한 잠결 부근

누군가의 다급한 말
귓전이 열렸다

등 시린
얼음 한 조각
뼛속 뚫고 쳐들어왔다

맨발의 청춘

꽃인 당신 어쩌나,
봄날은 멀어만 가고
먼 시간 당겨와서 푸른 혈기 짜내어
축 합격,
환희도 잠시
세상은 덤이 없다

햇볕 한 줌에도
가격이 매겨지고
지하 단칸방 버거워 흔들리는 하루에도
두 평에
갇힌 젊음이
설익은 꿈을 닦을 때

쪼개고 쪼개어 논
망루 높은 고시텔
벼린 저 화살촉 누구를 겨냥했나
봄날의

고개 숙인 청춘
지하로 숨어든다

앳된 거울

담 너머 기웃대던 분꽃의 소녀야

오래된 숨바꼭질 봄볕에 흐드러진다

되짚어 아슴한 시간 별빛도 총총했다

빛바랜 사진첩 속 거울의 날 푸르른데

설익은 열여섯 살 앳되고 앳된 계집애야

거울은 꼭 품어주었다 가슴이 바래지도록

참깨를 뿌려놓고

압축된 한 점 파일
기다림 끝내는 날

흙 깊은 은밀한 속
알집으로 풀어낸다

한 생명
우주를 딛고
눈을 뜨는
아우성

덩굴의 시간

모란이 잊히고 나면
덩굴장미 붉게 탄다
앞다투어 달려온 시간 담장마다 걸쳐놓고
저만치 물러앉아서
누구를 기다리나

아린 세상 열어본다
당도 않은 기별을
꼼꼼히 새겨넣은 저 붉고 붉은 외침을
그랬다, 늘 핏빛이었다
누군가 보고 싶을 때

돼지감자꽃

봄날에 심은 것 중
맨 먼저 손 흔든다
파랗게 전해지는
생명의 바통 터치
첫 농사 멋도 모르고 밭 복판에 그랬다

훑고도 흔적 남아
다시 또 살아나는
온 밭을 활개 치는
지독한 놈이라고
장마 전 뚱딴지같은 놈 손보러 가야 한다

창졸간 뼈를 갈아
뿌리 내린 자손인가
밭두렁에 내몰려도
해바라기 꽃인 듯이
짠한 맘 천덕꾸러기 속내 감춘 저 당당함

한가위 무렵

가마니 자리 펴고 놋그릇 꺼냅니다

재깨미 듬뿍 묻힌 짚수세미 닿으면

우중충 우듬지에도 환한 달이 뜹니다

어머니 어둔 시름 반짝반짝 닦여져서

햅쌀 밥주걱 눌러 고봉으로 담습니다

놋 촛대 경건한 침묵 가을 햇살 떨립니다

손꼽아 오는 추석 기다림도 설렘이라

옷장 속 발 문수도 꿈을 신고 기다리는

굴렁쇠 달을 굴리는 둥근 추석 그립습니다

처서處暑

들끓던 아스팔트
뒤틀렸던 도심의 밤

눅눅한 시간
꾹 누르니
귀뚜라미가 울어댔다

한밤중
서늘한 기별
만남은 늘 그런 것

우포늪

석양은 타는 맘을
물에 던져 숨 고르면

서늘한 어둠살이
황금비늘에 스며든다

신새벽
억겁의 맺힌 숨결
물안개로 풀어내는 늪

문무대왕암

감은사지 둘러보는 탁 트인 동해바다
저 파도 몸을 날려 물밑 석관 다듬는다
천년을 지켜온 사직 물보라에 날이 선다

화강암에 꽃물 들인 붉은 해 푸른 기운
구름은 층계 밀어 두어 걸음 건너뛰고
신라의 뜨거운 외침 침묵으로 빗는다

화려한 무덤도 없이 훌훌 턴 빈손으로
물벼랑도 껴안는 대왕의 기침 소리
화엄경 도도한 물결 이 시대 경전이다

제 2 부

보리누름에

비어 있어도

소나기
올까말까
꽃들은
필까말까

너를 두고 넘겨보며
애가 타던 날들이

어느덧
바람의 여백
찰랑이는 여기까지

보리누름에

유월의 들판도
바쁜 마음 매한가지
뻐꾸기 울음 섞어
보리 이삭 여물고

논배미 훑고 지나는 바람 열기 살갑다

못다 잡순 시어머니
팔부능선 넘던 날
그 사이를 못 넘겼네
까무룩 애통하던

한고비 베고 싶었던 어머니의 보리누름에

수염 세운 물결이
바람 따라 일렁인다
잊혀진 허기들도
보리밭을 맴돌고

한나절 고요를 빚는 초록이 익어간다

애상哀想
– 차이콥스키 교향곡 4번

회양목 낮은 그늘 파리한 풀꽃 하나
무리를 떠나와 이름조차 지워버린
꽃대 끝
밀어 올리곤
가녀린 눈짓이다

손끝에 불 밝히고 가슴만큼 하늘 열어
가을비 한줄기에 흠뻑 젖어 떨고 있나
단 한 번
사람과의 정
필연 같은 눈도장

풀벌레 기대 울음 흔들이다 듣다가
바람은 머무는 듯 떠난단 걸 알 즈음
짧은 생
천년이라 여기며
한 발 딛고 다녀간다

가을 일기

땅콩은 심을 때가 더 고소한 맛이다

수확은 얼추 반반 두더지와 나눴다

한 움큼 축담에 펼쳐 햇살을 당기는 중

선뜻 하늘 끌고 내려앉는 까치 부부

말쑥한 정장 차림 낯익은 반가움이

잽싸게 땅콩 한입 물고 감나무에 앉는다

멋진 놈 다 먹기야 눈 맞추려 그냥 됐다

그 꼴을 본 참새가 마뜩잖아 조잘댄다

아침은 무서리 젖고 새들은 분주하다

휴전은 봄날까지

밭에는 늘 적군이 기세등등 치켜든다
며칠 전 소탕 작전 본새 없이 더 짙어져
아군들 풀에 풀 죽어 기진맥진 헐떡인다

산새들 자리다툼 종일 숲이 퍼덕일 때
끈질긴 오체투지 흙만 디디면 마디 박기
이 땅의 이름 없는 꽃 세상 향한 푸른 함성

조간신문 여기저기 꽃이라는 부르짖음
냉대 차별 밟히고 꺾였다 또 일어서는
해질녘 노란 달맞이꽃 기다림이 아리다

산을 성큼 내려서는 처서 기운 먼저 알고
한순간 키 낮추며 노을 속에 흩어진다
덤불 밑 환한 이 평화 다시 읽는 흙의 시간

십일월

NO*로 시작되는 가슴 한쪽 비어가는 달
절정의 판타지아 온 천지를 물들이다
우수수
이별의 기운
지독한 가을이다

비껴 난 동쪽 하늘 반쯤 감은 저 하현달
어둠은 어쩌자고 불그레 켜두었나
후드득
깊어진 빗소리
대문을 나서나보다

* November

섣달 보름달

끝이라 보내놓고
새해 일력 넘겼는데
한 곡조 노래 남아
코끝 찡한 저 둥근 달
내 한 뼘 떠나간 젊음
돌아온 듯 반갑다

새해와 묵은 달이
환한 너울 걸쳐놓고
언 마음 녹여내어
달빛 타래 감아본다
너마저 떠나간 자리
무얼 심어 봄 기다리나

틈새로 오는 봄

응달의 잔설 위로 풀 향기 설핏하다
두터운 겨울 살 틈
터 잡는 젖몽우리
웅크린 회색빛 계절
얼비치는 여린 봄

알싸한 눈바람이 방향을 되돌릴 쯤
얼음장 시냇물은
안을 먼저 풀어낸다
빈 가지 홍조 띤 물빛
생기 돋는 옹아리

동안거 깊은 날에 땅속은 봄을 위해
동지 지나 분주히
태동은 시작된 듯
아득한 생의 언저리
봄꽃 하나 터지겠다

동치미

뒷마당 장독 속에 가을 텃밭 익고 있다
삭풍이 건들대다 눈발이 들치기도
열사흘 얼쩡인 달이 얼얼한 귀때기가

깊은 독 웅크려야 갖추갖추 어우러져
매운맛 들적한 맛 아린 맛 밍밍한 맛
제 본성 드러내놓고 기다림도 곰삭아

하마나 익었겠제 뒷 모퉁이 동동걸음
살얼음 양푼이 째 톡 쏜다며 맛보라시던
시려서 더욱 따스한 내 어머니 아린 맛

성탄의 밤

온 세상은 눈처럼 은총 가득 내리고

겨울밤 삭풍 불어 따뜻함을 알게 한다

종착역 곧 내릴 채비 떠나 보낼 또 한 해

앉은 자리 살펴보고 잊을 것 버릴 것도

창밖은 깊어지고 켜둔 별 더 반짝인다

남루한 마른풀 구유 별빛 하나 보았으면

흑백 사진

- 밴드명-6.2임순이네 아이들

초임 시절 6학년 제자들의 밴드 모임
빽빽이 박혀있는 예순여섯 졸업사진
한 정점 흐르던 찰나 오래도록 멈춰 있다

아이들 어른 되어 이 만큼 한 자식 두고
훤칠한 꿈도 열려 도란도란 놀고 있다
묵은지 차곡차곡 쌓인 싱거운 그 웃음들

맨 앞줄 담임선생 푸른 심지 모으던
지평선 아스라이 출석을 불러본다
꽃비로 흩날리는 봄 웃지 않는 꽃이 없다

크리스마스와 보름달

성탄을 알려주던
익숙한 별 이야기

달은 늘 변방에서
그 별을 지켜냈지

중천에
흠 없는 보름달로
거듭나기 수십 년

때 맞춰 우리 곁에
은총 선물 풀어놓고

성탄 밤 시리도록
퍼붓는 저 달빛

내 언 손
끌어당기며
사랑은 빛이라고

늦깎이

잎마저 지고 없는
덩굴장미 가지 끝에

딱 한 송이 피색 띠고
함초롬히 피었다

한 시절
뻐개던 오월
그 기억도 지워진 날

찬바람 등 떠밀어
다 떠나간 이 아침

왜 늦었냐 묻고 있다
내 발이 저려온다

늦깎이,
건너뛰지 못한 생
덧댄 상처 아문 자리

저무는 한때

오던 비 그쳤나 봐, 능선 위 초승달이
별은 두고 혼자서 저녁 안개 젖는다
귀뚜리
울어 깊은 계절
또 한해 다 가는데

애태우는 바람은 어디쯤 오고 있나
고운 물빛 저어 가다 가던 길 잃었는지
오롯이
저물어 갈 때
별 하나가 감실댄다

깨가 쏟아지다

좌르르
맑은 여운 귓가에 머물도록
비바람
시샘 행간 깨알로 여물어서
삼발로
별천지 세상 군 생각을 떨쳐낸다

태풍도
뭇짐승도 오는 대로 맞받아서
묵언의
긴 수행 끝 살찐 햇살 가을마당
좌르르,
깨가 쏟아진다 이 소리가 그 말이네

그해, 따뜻했네

대문을 활짝 밀고
설레는 맘 들어서면
청마루 버선발로 내리서던 환한 가슴

그립다,
헐겁던 겨울 봄날처럼 따스했던,

어머니 시름 타래
설 아래 올을 풀어
쪼들린 섣달그믐 설 하루는 넉넉해라

흰 눈이
쌀이었으면 빌어 만든 가래떡이여

이삼 년 내다본
우장바우 설빔이라도

들뜬 맘 꽃물 들여 손꼽아서 당기던,

어머니
휘어진 하루 등허리에 넉넉했다

살을 붙이다

1
아무리 곧은 뼈에 팔 걸어 자랑해도
전람회 출품할 땐 살 붙여 맵시 있게
심지에 살로 감싸야 숨을 불어 넣는다

2
맞춤법 바른 어법 표정 없는 기본문장
관용어 수식어 글의 행간 살 붙여야지
닫힌 문 빗장 열리고 눈시울이 젖는 거다

3
한 그루 나무의 생 비바람에 새살 돋고
저마다 피는 꽃이 나무의 살이든가
이 세상 살아있는 뭇 꽃으로 읽히고저

도로명 주소

갈래 길 나라 곳곳 어디든 새 이름표
가보지 않은 곳도
불러보면 정겹다
길 따라 눈먼 바람도 딸네 집 찾아온다

금샘로 낙조 삼길 달맞이길 꽃바위길
길마다 이야기
슬렁슬렁 부푸는 동네
그곳에 사는 사람들 둥글게 떠오른다

이정표 통하는 길 트인 길 이어진 길
덤불 속도 새들만이
날 수 있는 길 있듯
세상의 꽉 막힌 도로 풀어질 순환로

삼일절

봄 노래 부르려다
터진 함성 들려온다

백 년 전 그날처럼
아지랑이 가물대고

봄날이
그저 왔을까
삼월 하늘 저 태극기

봄내

소소리바람 다독이며
도타운 꽃순 돋고

빨랫줄 얼듯 말 듯
푸서답의 꼬신내

겨우내
튕겨 나온 시간
햇살에 뜸이 돈다

벚꽃 지다

일제히 밝힌 꽃불
불씨 하나 당겨오면

덩달아 환한 가슴
햇살까지 들이더니

잡은 손
못다 건넨 말
봄날이 지나간다

늙은 호박

손톱만 한 씨앗이
일궈낸 우주보다 큰

단단한 겉옷 벗겨
흥부 박 타듯 속을 열었네

못다 한
달큰한 말들
깊은 살 속 꼭꼭 박혔네

드뷔시 바다[*]

― 코리안심포니 연주회

21세기 급물살도 쉬어가는 예술의 전당
연두빛 오월 향기 은근슬쩍 젖는 밤
프랑스 아름다운 시절 짜릿한 시간여행

태양빛 뿜어내는 웅장한 파노라마
잔잔하다 일렁이다 폭풍 치는 교향시
벼랑 위 알바트로스 비상하는 벅찬 희열

눈으로 들려온다 별빛 같은 바람의 말
타악기 우렁우렁 달려오다 딱 멈춘 적막
지휘봉 바다를 내리자 우레가 쏟아진다

[*] 드뷔시 바다 : 1905년 완성, '인상주의'에 큰 영향을 받은 프랑스 작곡가 클로드 드뷔시의 '세 개의 교향적 묘사'라는 부제가 붙은 '바다(La Mer)'는 그의 대표적인 작품으로 관현악으로 회화적 모습을 표현한 것이 특징이다.
제1악장 : 바다의 새벽부터 낮까지, 제2악장:파도의 희롱, 제3악장:바다와 바람과의 대화.

초란

탄생의 첫 발돋움은
제 껍질
무너뜨리는 일

병아리
어미 되어
산고 치른 작은 우주

알에서
알이 되는 내력
여린 생명

타임캡슐

도산서원 가는 길

트집을 잘 잡은
하늘 향한 둥그런 갓
빳빳한 안동포 두루마기 의관 갖춘
낙동강 굽이지는 물길도 선비 따라나선다

퇴계 선생 학문의 강
오랜 묵향 출렁인다
전교당典教堂 젊은 후학 글 읽는 바람 소리
오백 년 등 굽은 왕버들 그 숨결을 전한다

멈추어 남아 있듯
흘러도 남아 있는
아린 역사 뒤안길에 옹이 된 뜰의 나무
달밤엔 사랑도 깊어 매화 저만 울겠다

증도, 그곳은

생이 헐거워 소금으로 촘촘 조여

맵짜게 간을 보며 지켜낸 그 세월

바다는 애태우는 어미 속으로만 삭이다

염전도 사람도 짭조름한 햇살이다

짱뚱어 팔딱팔딱 저녁노을 으스러질 때

이제는 버거운 삶도 잠시 쉬다 가라 한다

오랜 소리 하나

아침을
깨우는 건 새소리 만 아니다
싹싹싹 몽당빗자루 창호방문 사이 두고
늘 아침
축담 쓰는 소리 흙먼지만 쓸었을까

그래도
어머니는 쓸고 보면 표난다고
다 닳은 빗자루가 축담 쓸기 딱 좋다고
시름도
일상의 먼지 아침소리 참 맑았다

제 **4** 부

통증클리닉

다랑논*의 여름

한 덩이 불볕 품어

벼꽃 피우는 칠월엔

흰 구름도 빠져드는

초록 물결 눈부신

먼 인류

맨발의 유산 뜨겁던 삶 일렁인다

* 다랑논 : 산비탈 여러 층으로 만든 좁고 작은 논. 벼농사와의 역사를 같이하며 함양 지리
  산 자락의 다랑논은 미국CNN이 선정한 아름다운 경관 50곳에 선정되기도 함.

창녕 성당

제대에서 서너 걸음
늘 앞줄에 자리한

모시 적삼
미사포 가린
여인의 등이 낯익다

두 손을
꼭 맞잡고서
노래하던 내 어머니

주산지 물빛

하늘도
푸른 산도 끌고 와 푹 담가서
고요는
침묵 닦아 면경같이 환해지면
왕버들
늘어뜨린 잎 하늘 건져 올린다

어쩌다
등 떠밀려 선 채로 굳은 세월
그 사연도
해져서 가물가물 녹았겠다
견딤은
그 속도 깊어 물빛 저리 고와라

어떤 하루

지난밤 떠난다고 그 행태를 부렸던가
서늘한 비 뿌리고 뒷모습도 간 곳 없다
서러운 천덕꾸러기
저도 설움 사무쳤다

헐떡헐떡 숨 가쁘게 돌아가던 선풍기도
방구석 머쓱하게 지친 몸 풀고 있다
한 자락 이불 끌어당기며
빗소리를 듣는다

울음 향연

햇살 깊던 가을밤은 푸른 여운 환하다
풀벌레 여린 소야곡 흥건히 젖는 달빛
그리움 옷깃 여미며 문설주를 넘는다

못다 운 내 슬픔도 마저 풀어 울라고
달빛 자락 붙들고 저리도 울어대나
계절은 잠 못 들고서 하얗게 깊어 가는데

어둠은 고요마저 에돌아 사위어서
쉼표 없는 구애 노래 부르다가 울다가
어느새 풀벌레 한 마리 내 귀속에 키운다

흔들리다

민들레 가녀린 꽃대 바람에 흔들릴 때
무심히 그러구러 봄날이 가나보다
품은 씨 떠나보내고 글썽이는 줄 몰랐다

건물이 흔들흔들 느닷없는 쓰나미에
그 어떤 떨림도 지진 앞엔 얼음이다
지구 속 무던히 썩혀 참다 참다 뒤틀리는

들었다 놓았다 선한 아이 눈빛에 걸려
날마다 바람 불어 흔들림도 가지가지
사는 법 흔들리는 대로 흔들리며 걷는 것

태풍 차바

창틀에 낀 새 한 마리
가스 배관엔 고양이

하필 처녀 귀신은 환풍기에 붙어 울고

공중엔
늙은 늑대의 울음
짐승이 된 바람의 넋

마늘 백서白書

땅 위에
여물어진 바람도 거둔 가을
한 통 속 이젠 홀로 우주를 딛고 간다
어둠 속 참아내야 할 단단한 터 잡는다

찬바람
도려내는 적적한 저 들판에
파란 잎 살아있다 떨고 있는 여린 깃발
온몸은 뿌리의 밀서 육 쪽 결속 읽는다

야문 꿈
굵어져라 봄날 부풀 때까지
꼼지락 온기 뿜다 흙살을 간질이다
모질게 맵싸한 그 맛 견뎌낸 겨울이다

통증클리닉

평생을 혹사해온 오른팔이 탈 났다

병원을 모르고 살아온 고마운 날들

습관이
끊어내는 아픔
굳은 수고 알게 되는

재바른 솔선수범 노동만 감당했을까

버거운 생을 들고 당기고 밀쳐내고

돌아본
사용설명서
그 침묵에 기댄다

겁怯에 이르다

해거름 산봉우리가 길들을 휘어놓고
운판 옆 범종소리가 또 하루를 불러낸다
되돌아 마음 짚어도 누덕누덕 해어진 날

물소리에 엎혀서 쓸려간 한낮의 꿈
하얀 맨발 끌고 산등성이 넘어가고
선방 앞 댓돌에 놓인 고무신만 푸르다

어둠에 감겨드는 휘파람새 짧은 호흡
아미타불 젖은 두 눈 일주문에 이르면
오늘이 또 어제인 듯 발길을 재촉한다

정월 대보름 · 1

하루하루 꽉 채워서

그마저도 덜어내서

빈 나뭇가지 허공에 걸고

저물도록 기대선다

아무도

눈치채지 못할

푸른 만삭 꿈꾸리

정월 대보름 · 2

화왕산
달집태우기
우듬지가 타들어 간다

모여든
수많은 손
억새 되어 흩어진다

한 줌의
불꽃 모여서 한 마음으로 뜨는 것을

제 5 부

가을, 청도는

울역*

씨줄날줄
어긋난 생 기차는 떠나는데
진눈깨비 봄비는 낯설고 물 선 서울역
꼭 한 번
울어야 한다는 울역을 아십니까?

냉기 어린
웅크린 등 울컥울컥 치미는 사연
허기에 저당 잡힌 꿈 아지랑이만 가물대고
빈 가슴
깡소주 붓고 거친 매듭 풀고 있다

밤늦도록
그 사내 돌부처처럼 꼼짝 않는데
별똥별 떨어질 때 세상의 끈 놓았다던가
오늘은
언 몸뚱이로 울역을 울어본다

* 서울역을 노숙자들이 부르는 말. 여기에 오면 한 번은 울어야 한다는 뜻과 서울역의 '서'
  자를 빼고 울역이라 일컬음.

버리지 못하는

객지 나간 아들 서랍 손때 전 장난감 인형

버리자 던져놓고 집어든 게 몇 번인가

애꾸눈 동자 인형은 손대면 염불한다

에녹이 치는 한때의 홍건한 마음 녹아든

또다시 버리지 못하는 그때의 그 시간이리

포획에 놓인 한나절 서랍 닫고 다독인다

봉감모전오층석탑*

백두대간 정기 밴 칼바람의 길목에서

우뚝 선 장중함에 침묵이 서늘하다

도도한 시간의 등뼈 저리도록 허허롭다

탑 허리 걸친 능선 들판은 푸르른데

경작되는 정적만 사방에 넘실댄다

밤이면 별 하나 찾아와 서로를 기댔을까

가뭇없는 시작의 날 몰라도 그만이다

그 자리 처음이 있어 수백 년을 끌어안고

천성된 직립의 외로움 석탑이라 부른다

* 경북 영양군 입암면 산해리 국보 187호로 지정. 벽돌모양의 돌로 다듬어 쌓은 높이 9m
의 탑으로 축조 연대는 미상이나 신라시대로 추정. 이 마을을 '봉감(鳳甘)'이라고 부르는
데서 '봉감탑'이라 이름이 붙었다.

가을, 청도는

천지 감이 꽃이요

천지 꽃이 감이다

가을빛 속살 가득

단맛 붉어 살이 찌고

비슬강 먼 길 휘돌아

감빛으로 익는다

지금도 내 귓속엔

붉은 물집 살갖의
이울어진 생의 결들

음파로 되감긴 귀 오래된 축음기인가

아득한
시간의 저쪽
소리 하나 날아든다

한쪽에 몸 기울이면
아직도 흥얼대는

"목단꽃, 저래 곱다 혼자서 우째 다 보노"

어머니
유선을 타던
그 목소리 쟁쟁하다

오늘

어제는
꽃이 졌다
급한 전갈 굽이친다

닿고 닿인
찰나의 숨
지금의 나는 어디에?

오늘을
산다는 것은
가난한 내일을 닦는 일

정동진에서

수없이 많은 사람
한 덩이씩 안겨 주고도

붉은 해 새벽마다
수평선 위 장엄한 기도

젖은 눈
눈을 떠야 해
떠나도 떠나지 못한

3.8 창녕 장날

폭염의 긴 여름도 끝물이라 떨이 중
버티는 햇살 아래 고슬한 바람 뚫고
들린다, 잊었던 말투 영락없는 그 목소리

솥뚜껑 밀어내면 벌건 장국 넘친다
싸전의 곡물상 큰 엄매도 보일 리 없다
그 자리 세월도 기울어 낯선 바람 들락이고

무우씨도 지붕 위 박도 장바닥에 앉았는데
엄청시리 보드라운 호박잎은 호객 중이다
장바닥 다 뒤져봐도 낯익은 얼굴 없다

청마루에 앉아

풀벌레
숨어 울어도
네 울음 내가 안다

벌거벗은 그리움도
달빛 젖는 이 가을밤

괜찮다
내 설움은 두어라
여린 울대 아리겠다

척경비

고향집 이마 위에 진흥왕 척경비* 있다
만옥정 공원 안에 유엔 참전 전적비도
달밤의 숨바꼭질에 진흥왕도 찾아내지

그 환했던 벚나무 이빨도 다 빠졌다
신식의 새 가로등 낯가림 타는 세월 너머
더 이상 찾아올 이 없는데 철조망만 단단하다

펑퍼짐한 비석만 그때 그 시간 내려놓고
적막도 한밤중인 백 촉 등에 잠 못 든다
아래채 헐어낸 그 길 진흥왕 걸어간다

* 국보 제33호. 창녕신라진흥왕척경비 높이 174cm 경남 창녕군 창녕읍 교상리 만옥정 공
  원 안에 위치.

공전

새벽 미사 가는 길
차오르는 어둠의 두께

초록의 시간 두드리며
그 누가 지나갔나

천지간
날개 펴놓은
쉼 없는
순례의 길

분천에서 철암까지

산골 역 비 내린다
가뭄이 쓸려간다

백두대간 굽이굽이 살아나는 물길 봐라

창마다
빗물 시스루
명화 한 폭 담아낸다

키 작은 양원역사
추억도 멈춰 있다

얼비치는 아픔도 계곡 저편 멀어지고

흥건히
적셔보는 여름
협곡 열며 가고 있다

묘사와 진술의 울림이 있는
진정성의 시詩

오 종 문

(시인)

묘사와 진술의 울림이 있는
진정성의 시詩

오 종 문
(시인)

1.

　김임순 시인은 2013년 《부산시조》와 《시와소금》 신인상으로 등단 2년 만에 「경전에 이르는 길」(2015년, 시와소금)의 처녀 시조집을 상재했다. 그리고 3년이 지난 지금 김임순이 이룩한 문학적 성취와 「비어 있어도」에 수록된 시편들의 주제 성격을 먼저 개괄하는 기회를 갖게 되었다. 김임순이 그려 낸 초상화이며 서술된 자술서로서의 시편들은 한 시인의 내면적 사유의 전

개와 그것들이 육화된 문학적 성과는 그 자신의 삶을 위한 것으로부터 유년의 기억과 어머니에 대한 그리움을 호출하고, 오늘의 사회 이슈들을 규정하는 사건들에 대한 관찰과 자연적인 소감 등을 서정성 짙은 시어들을 통해 풍성하게 풀어놓는다. 그 화제들 간의 관계는 심층적으로는 유기적인 연관을 맺으면서도 표면적으로는 인과의 고리를 맺지 않기도 하며, 그 자신의 내면적인 의식의 진행 상태처럼 잔잔하고 평온하기도 하며 일탈하기도 하다.

물론 이번 시조집에 수록된 작품으로 한 시인의 문단적 역량을 가늠한다거나, 그의 시론을 문학의 개념 변호를 진단하는 것은 지나치게 자위적이다. 그럼에도 「비어 있어도」에 수록된 시편들이, 비록 예외적이고 혹은 주변적이라 하더라도 시조 미학에 대한 서정성들이 의외로 넓고 깊이 다양한 형태로 번져 있고, 그가 추구하는 시세계가 더욱 다양한 제재의 스펙트럼으로 확장되어 가고 있음을 확인할 수 있다. 문학은 고통 속에서 피어나는 것이며, 인간성을 존중하고 삶의 구체성과 현실의 숨은 진상을 드러내야 할 진지한 정신의 소산이라고 믿고 있기 때문이다. 지금도 진지하게, 초여름의 무더위 속에서 원고지와 시름하고 있는 김임순의 고통스런 싸움이 세상살이의 구체적인 양상과 소망스런 보편적인 가치로서의 화해의 아름다움을 보여주는데, 그것들은 인간과 세계, 삶과 운명에 대한 원숙한 정신

과 지혜로 일구어지고 자연과 순리의 전망으로 다져진 세계들
이다. 이제 그것이 가능하게 된 현상의 의미를 캐내고 이해하기
위해서 「비어 있어도」에 수록된 주요 시편들을 만나보자.

2.

어제는
꽃이 졌다
급한 전갈 굽이친다

닿고 닿인
찰나의 숨
지금의 나는 어디에?

오늘을
산다는 것은
가난한 내일을 닦는 일

―「오늘」 전문

인간에게 영원한 명제인 죽음이라는 문제에 고뇌하기에는 우

리의 삶이 너무 짧다. 그러나 인간은 죽음 앞에 가장 경건해지기도 하고 순수해지기도 하며, 내가 무엇을 해야겠다는 깨달음을 가져다주기도 한다. 어떤 계획들을 세우느라 바쁜 사이에 세상에는 많은 일이 일어나고, 사랑하는 사람들은 다른 곳으로 떠나거나 죽음을 맞이한다. 그러는 사이 우리의 몸은 늙고 병들고, 미래에 관한 꿈은 덧없이 사라진다. 반면 미래의 어느 날은 오늘보다 나아질 거라고 생각하며, 현재의 만족과 행복, 그리고 권리 주장을 뒤로 미루면서 더 나은 미래를 기대한다. 하지만 불행히도 그러한 '미래'는 결코 찾아오지 않는다. 우리는 이 시를 통해 죽음이라는 삶의 본질에 순응하면서 복잡다단한 세상 속에 균형을 잡고 살아가는 한 시인의 초상을 만나게 된다. 전체적으로 과거 시제에서 현재 시제로 이동하면서 어제의 한 죽음을 통해 오늘을 되돌아보면서 반성하고 현실에 대한 긍정을 보여주는 시이다.

가장 냉정하고 뜨거운 자세로 자신의 인생을 돌아보고, 삶의 의미를 반추하고, 죽음을 정면으로 바라보면서 충실한 오늘이기를 희망한다. 죽음과 삶의 관계를 진지하게 생각했을 때 나의 하루는 정말 큰 의미를 지니게 된다는 사실을, 한 사람의 죽음의 과정에서 삶의 가치를 찾아내 우리에게 전하고 있다. "찰나의 숨"은 언젠가는 바람 속으로 흩어진다. 나의 숨결이 더 이상 내 안에서 맴돌 수 없고, 바람 속에 흩어질 때 화자는 바로 지금 이 순간만이 우리가 가진 유일한 시간이며, 우리가 통제

할 수 있는 시간이라면서 "지금의 나는 어디에?" 있는가라고 스스로에게 반문한다. 어차피 누구에게나 죽음의 시간은 찾아오기에 화자에게 주어진 그 시간이 얼마인지는 모르지만, 오늘이 마지막인 날처럼 살기 위해 답을 찾는다. 화자에게 '오늘'이란 고통, 이별, 희망이 공존하는 시간이며, 너무 평범한 날인 동시에 과거와 미래를 잇는 가장 소중한 시간이다.

"오늘을 산다는 것은" 내 안에 존재하는 또 하나의 나를 버리고, 또 버려가면서 발견한 놀라움, "가난한 내일을 닦는" 그 하루가 모여 이뤄지는 삶의 의미를 담담하게 그려내고, 어제의 시간은 오늘의 스승이었고 오늘의 시간은 내일의 스승이라는 시간의 철학을 단수로 표현해내고 있다.

소나기
올까말까
꽃들은
필까말까

너를 두고 넘겨보며
애가 타던 날들이

어느덧
바람의 여백

찰랑이는 여기까지

— 「비어 있어도」 전문

비움은 곧 채우기 위해 반드시 선행되어야 한다. 욕심을 비우고 마음을 비우고 자연의 움직임에 맞춰 사는 삶을 화자는 바람이라고 말한다. 바람이라는 시어 속에 숨겨진 의미는 눈에 보이지 않고 색깔도 없고 모양도 없다. 우리의 곁을 언제나 지나가고 또 다른 바람이 우리를 감싸고 그렇게 또 떠나는 게 바람이지만, 그 바람은 위협적이기도 하고, 또한 포용하기도 한다. 화자는 이러한 바람의 변화에서 살아 숨 쉬는 생명성을 감지한다. 표면적 형상과 내면적 본질 사이에서 일어나는 채움과 비움의 역학적 관계를 "소나기/ 올까말까/ 꽃들은/ 필까말까"와 바람이라는 소재를 통해 긴장감을 더하면서, 비우고 나면 새로 채울 공간이 생겨나듯 덜어냄으로써의 공간이, 마음이 풍족해진다고 말한다. 이처럼 비움은 어떤 가능성을 내포하고 있는데, 그것이 바로 변화의 가능성이다. 변화의 가능성이 있다는 것은 곧 다양성을 지닌다는 것을 의미한다.

특히 소나기가 오기를, 꽃이 피기를 기다리는 간절함은 미움이나 분노, 원망, 슬픔, 질투, 애착심 따위가 아니라 삶의 연륜이 쌓이면서 점차 깨닫고 체험하게 되는 단순한 삶, 마음을 비워 아무 욕심도 없이 깨끗한 상태를 유지하는 것, 이처럼 산다는 것은 여백 속에 존재하는 인생이 흘러가는 것이 아니라 채우고 또 비우는 과정의 연속으로 무엇을 채우느냐에 따라 결과는 달라지며, 무엇을 비우느냐에 따라 가치는 달라진다. 이처럼 화자는 인생이란 자신이 마련한 여백 속에 원하는 것을 채우고 불필요한 것을 비워내면서 가장 소중한 것이 찰랑찰랑 담기기를 희망하는 간절한 마음을 읽을 수 있다.

꽃향기
퍼 나르는 사월 바람 부산하다

들머리밭 아지매한테
참깨 언제 심느냐니

"뻐꾸기 뻐꾹뻐꾹 울거든 그때 심으이소"

숲속을
둘러봐도 죄 소리만 걸려있는

구성진 울음 장단
눈물 없이 울기 좋은 날

참깨 꽃 하얀 이야기 나비처럼 펄럭인다

— 「뻐꾸기 울거든」 전문

　귀농을 꿈꾸는 초보 농부의 마음을 그린 객관적 묘사의 시이지만, 이 작품의 묘미는 하나의 질문에 대해 전혀 다른 대답을 보여줌으로써 새로운 시적 경험을 우리에게 제시하고 있다. "뻐꾸기 뻐꾹뻐꾹 울거든 그때 심으이소"라는 들머리밭 아지매의 대답은 정서적으로 큰 호소력을 발휘한다. 시는 묘사로 시작해서 진술로 끝난다는 말처럼, 이 시는 감정이나 설명을 배제한 채 화자의 심리를 직접 토로하지 않고 객관적으로 묘사하고 있다.

　그러나 드러내는 방식이 그렇다 하더라도 중요한 것은 화자가 사물 또는 세계를 바라보는 깊이에 대한 통찰력이다. 기계적이고 일상적인 우리들 삶에 파묻혀 있는 현대인들의 세계를 관찰하고 관조하여 그것을 언어로 드러내고 있다는 사실이다. "꽃향기/ 퍼 나르는 사월 바람 부산"할 때 성급하게 "참깨 언제 심느냐"하고 묻는 말에, 아지매는 5월 상순에서 6월 하순까지 파종해야 한다고 직접적으로 말하지 않고 "뻐꾸기 뻐꾹뻐꾹 울거든 그때 심으이소"라고 말한다. 이 시적 진술은 자기의 주장을 불특정 개인 혹은 다수에게 적극 동조를 요청하고 있는 철학이 담겨있다. 쉽게 이해되고 평범한 것처럼 보이지만 행간

의 깊이에는 작가의 심미적 고뇌가 느껴진다. 시인은 시를 창작
함에 있어 시어가 내포하는 그 파장을 생각하고, 개인이 도달
한 감각의 깊이에 따라 심상 세계는 얼마든지 달라질 수 있다
는 것을 보여준다.

꽃인 당신 어쩌나,
봄날은 멀어만 가고
먼 시간 당겨와서 푸른 혈기 짜내어
축 합격,
환희도 잠시
세상은 덤이 없다

햇볕 한 줌에도
가격이 매겨지고
지하 단칸방 버거워 흔들리는 하루에도
두 평에
갇힌 젊음이
설익은 꿈을 닦을 때

쪼개고 쪼개어 논
망루 높은 고시텔
벼린 저 화살촉 누구를 겨냥했나

봄날의

고개 숙인 청춘

지하로 숨어든다

— 「맨발의 청춘」 전문

이 시는 부모로부터 물려받은 부가 사회의 계급을 결정한다
는 '수저계급론', 즉 개인의 노력보다는 부모로부터 물려받은
부에 따라 인간의 계급이 나뉜다는 금수저와 흙수저에 대한 아
픈 현실을 풀어내고 있다. 좋은 가정환경과 조건을 가지고 태
어난 금수저와 부모의 능력이나 형편이 넉넉지 못해 경제적 도
움을 전혀 받지 못하는 흙수저 "고개 숙인 청춘"을 눈물 나게
표현해내고 있다. 그러나 이 시대의 청춘은 흙수저, 즉 '맨발'
을 원치 않는다. 아니 이제 청춘들은 더는 '맨발'이길 원치 않
는다. 남보다 더 좋은 더 비싼 신발을 신고 뛰어도 될까 말까
한 세상에 맨발이라니 당치도 않다. 한국 사회를 위협하는 마
음의 병, 경제적 성공이 최우선 가치가 된 대한민국, 가장 부유
한 시대에 가장 불행한 세대로 지칭되는 20대. 국민소득 3만
달러를 향해 가는 경제적 안정의 시대, 4차산업혁명과 인공지
능(AI)이 대세가 된 정보기술의 시대, 고학력 시대에 모든 것을
누리고 살 것 같은 지금의 젊은이들은 많은 것을 포기해야 하
는 N포 세대, 즉 어려운 사회적 상황으로 인해 취업이나 결혼

등 여러 가지를 포기해야 하는 세대이다.

한때 청춘과 도전이라는 단어로 대표됐던 20대는 연애와 결혼, 출산과 인간관계, 내 집 마련과 취업, 그리고 마지막 희망까지 포기했다는 얘기는 더 이상 새롭지 않다. 일부 기성세대는 '아프니까 청춘이다'라며 청춘과 젊음이라는 단어를 내세워 끈기와 노력, 도전 정신이 부족하다고 욕하지만, 지금의 젊은이들은 왜 청춘은 아파야만 하는가를 기성세대들에게 되묻고 있다. 젊은이들의 눈높이만큼 사회구조는 성장하지 못했고, 불균형도 해소되지 못했다. 그래서 화자는 공정하지 않은 사회에 대해 한 지식인으로서 애정 어린 시선을 보낸다. 아름다운 꽃으로 피어나야 할 20대, 그 꽃들이 피어나야 할 봄은 오지 않고, "먼 시간 당겨와서 푸른 혈기 짜내"면 짜낼수록 봄은 더욱 멀어져만 가고, "햇볕 한 줌에도/ 가격이 매겨"진다는 이 구절에 이르면 가슴이 서늘해진다. 누구나가 평등하고 자유롭게 누려야할 햇볕, 그런데 우리 젊은이들은 그 햇볕을 누리지 못하고, 햇볕이 단절한 지하방으로 갈 수밖에 없다. 갈 길이 멀기에 서글픈 맨발의 청춘. 맨발은 가진 것 없고 초라한 모습의 대명사로 언제든지 상처를 입기 쉽다.

그들의 발에는 옹이가 생기고, 피멍과 상처투성이만 남은 아픈 맨발을 가슴에 묻고 세월을 견뎌야 한다. 특히 평생을 교단에 서서 제자들을 길러온 화자는 이 땅의 젊은이들이 "어른 되어 이 만큼 한 자식 두고/훤칠한 꿈도 열려 도란도란 놀고 있"

기를 희망하고 "꽃비로 흩날리는 봄 웃지 않는 꽃이 없"(「흑백
사진」)다는 사실에 방점을 찍으면서 그 꽃들이 피기도 전에 져
버리는 안타까움을 토로한다. 이처럼 화자의 시선은 N포 세대
에만 머무르지는 않는다. 아직 다 저마다의 삶의 고통으로 지
치기 전, 빛나는 청춘들은 위대한 창조의 현장에 증인이 될 그
날의 그 자리에 동석하기를 희망하면서 다음의 작품을 보자.

씨줄날줄
어긋난 생 기차는 떠나는데
진눈깨비 붐비는 낯설고 물 선 서울역
꼭 한 번
울어야 한다는 울역을 아십니까?

냉기 어린
웅크린 등 울컥울컥 치미는 사연
허기에 저당 잡힌 꿈 아지랑이만 가물대고
빈 가슴
깡소주 붓고 거친 매듭 풀고 있다

밤늦도록
그 사내 돌부처처럼 꼼짝 않는데
별똥별 떨어질 때 세상의 끈 놓았다던가

오늘은

언 몸뚱이로 울역을 울어본다

　　　　　一「울역」 전문

'울역'은 서울역을 노숙자들이 부르는 말로, 여기에 오면 한 번은 울어야 한다는 뜻과 서울역의 '서' 자를 빼고 울역이라고 한다. 역이라는 공간은 "씨줄날줄/ 어긋난 생"들이 만나고 헤어지는 장소로, 시작과 끝이 함께 공존하는 공간이다. 화자는 서울역의 한 노숙자 죽음을 통해 경제적 가치의 소유에 있어서 사회 계층 간의 격차가 점점 더 커지는 사회 양극화에 대해 말하고 있다. "웅크린 등 울컥울컥 치미는 사연/ 허기에 저당 잡힌 꿈 아지랑이만 가물대고 /빈 가슴/ 깡소주 붓고 거친 매듭 풀고 있"는 노숙자를 비웃고 무관심으로 바라보는 수많은 사람에게 외친다. 분명 그들은 일 할 능력도 있고 사랑하는 가족들도 있다.

　그럼에도 노숙을 하고 방황을 하는 이유는 일 할 일자리가 없기 때문이다. 막노동을 하고 싶지만 그들을 받아 주는 공간이 없다. 그러기에 그들은 극단적인 선택을 한다. 그들에게 일 할 기회조차 만들어 주지 않은 채 그들을 비난하고 질책하기보다는 그들이 처한 딱한 실정과 아픔을 함께 나누고 그들이 일 할 일자리를 만들어 주는 사회안전망이 필요하다는 사실을

역설하고 있다. 무엇보다도 따뜻한 시선으로 그들을 보듬어주
면서 죽음으로 내몰리지 않고 다시 시작할 수 있다는 자신감
을 불어 넣어주기를 바라는 화자의 따뜻한 마음을 읽을 수 있
다. 이처럼 그의 시선은 이 시대의 그늘진 곳에서만 머물지 않
는다. 그는 개인적인 기억의 통로 쪽에 있는 고향에 대한 그리
움을 불러내고, 그리움의 끝자락에 살아있는 어머니에 대한 애
틋한 마음을 만나다. "매운맛 들적한 맛 아린 맛 밍밍한 맛"이
"제 본성 드러내놓고" 곰삭아서 "더욱 따스한 내 어머니 아린
맛"(「동치미」)을 불러낸다.

붉은 물집 살갗의
이울어진 생의 결들

음파로 되감긴 귀 오래된 축음기인가

아득한
시간의 저쪽
소리 하나 날아든다

한쪽에 몸 기울이면
아직도 흥얼대는

"목단꽃, 저래 곱다 혼자서 우째 다 보노"

어머니
유선을 타던
그 목소리 쟁쟁하다

― 「지금도 내 귓속엔」 전문

어머니와 딸에 대한 담론을 읽는다. "어머니/ 유선을 타던/ 그 목소리 쟁쟁하다"는 여성만이 지닌 생명력의 원천은 무엇일까?"를 되묻는다. 세대적 성숙으로 이어지는 어머니와 딸의 '관계' 속에서 그 답을 찾으려고 한다. 딸에게 어머니는 여러 가지 기능과 정서를 갖는 존재다. 딸에게 어머니는 평가할 수 없는 무한한 대상으로, 쌍방이 아닌 일방의 관계로서 사랑의 일방통행로라 할 수 있다. 엄마와 딸의 관계는 평생 다툼과 화해의 관계를 계속하며 서로를 이해하는 가장 친밀한 친구 사이이다. 세상에서 가장 허물없는 관계만큼이나 어머니의 목소리는 웅숭깊게 살아있다. 딸에게 어머니는 자기 내면에 존재하며, 그런 어머니의 목소리를 반복하며 듣는 동안 어머니의 목소리를 통해서 자신의 모습을 본다. 좋든 나쁘든 간에 그 목소리는 온갖 그리움을 일으키고, 그리움은 의식과 무의식 영역의 깊은 곳에 존재한다.

비록 어머니의 사랑과 그 빛깔은 다르지만, 자식에 대한 사랑은 무조건적이기에 "아득한/ 시간의 저쪽/ 소리 하나 날아"드는 것, "목단꽃, 저래 곱다 혼자서 우째 다 보노"라면서 아직도 흥얼대는 것 같은 어머니의 목소리에 대책 없이 마음이 무너져 내린다. 아니 허허로운 그리움을 누가 붙잡아주면 좋으련만 고향집 "대문을 활짝 밀고/ 설레는 맘 들어서면/ 청마루 버선발로 내리서던 따신 가슴"을 만날 것 같고, 우중충 우듬지에도 환한 달이 뜨면 "어머니 어둔 시름 반짝반짝 닦여져서// 햅쌀 밥주걱 눌러 고봉으로 담"(「한가위 무렵」)아줄 것 같은 그 어머니는 이미 가고 없지만, "어머니/ 휘어진 하루 등허리에 넉넉"(「그해, 따뜻했네」)해 "늦깎이,/ 건너뛰지 못한 생/ 덧댄 상처 아문 자리"(「늦깎이」)에 그리움이 차곡차곡 쌓여 어머니의 정과 사랑이 딸에게로 고스란히 전이되고 있다.

3.

김임순 시인은 삶이란 인간의 실존적 조건에 대해 본질적인 성찰을 제기함으로써 살아감의 진상과 삶의 진의를 새로이 다시 묻는다. 그 질문은 인간이 자신의 정체성을 의식하면서 끊임없이 물어 온 오래된 것이고, 그것이 가리키는 주제는 인간, 사랑이란 영원한 아포리아로서의 삶의 근원적 조건들이다. 그 질문과 주제들은 변덕스러운 인간들을 위한 인공 낙원의 꿈도 아니고, 사사로운 욕망과 씨름해야 하는 폐쇄된 밀실의 자학도 아닌 근원적인 이야기들을 시편들을 통해 보여준다.

또한 어떻게든 살아왔고, 살고 있는 중이며, 앞으로도 살아가야 할 우리 인간들의 고단한, 그러나 축복인 삶의 길을 가리켜주면서 자신에 대한 본질적인 반성을 제기한다. 자기 시대를 자기 나이에 걸치는 느낌과 생각으로 말하는 그 자위 속에 자신의 문학적 성취를 지켜내기 위해, 한편으로는 문학사적 전통을 지켜가면서, 다른 한편으로는 시대 변화의 도도한 흐름을 담아내고 있다.

그러나 더욱 농익은 그만의 이야기를 찾아내느냐, 못 찾아내느냐는 김임순 시인의 몫이다. 평소에 아름답다고 생각하는 것, 또 좋다고 생각하는 것, 시조라고 생각하는 바로 그것, 그것이 무엇인가를 김임순 시인 자신에게 질문 할 때 그 답을 찾아낼 수 있으리라. 이것이 바로 그에게 주어진 사유의 틀이다. 애정을 가지지 못한 삐딱함으로 넘어가면 글쓰기는 아주 난해해진다. 난해진다기보다 아집에 빠지기 쉽다. 독자들과 소통하면서 또 자기가 생각하는 것에 주어진 긍정, 주어진 시발점을 항상 생각할 때 시는 진정한 모습이 된다. 그래서 김임순의 진정성, 가장 오랜 문학적 존재 이유에 기대어 그것의 진정성을 여전히 살려내려고 노력하는 그의 시에 신뢰의 박수를 보낸다.

시와소금 시인선 073

비어 있어도

ⓒ김임순, 2018, printed in Seoul, Korea

1판 1쇄 발행 2018년 6월 15일
지은이 김임순
펴낸이 임세한
책임편집 박해림
디자인 유재미 정지은

펴낸곳 시와소금
출판등록 2014년 1월 28일 제424호
발행처 강원 춘천시 충혼길20번길 4, 1층 (우-24436)
편집실 서울시 중구 퇴계로50길 43-7 (우-04618)
팩스겸용 (033)251-1195 / 휴대폰 010-5211-1195
이메일 sisogum@hanmail.net

ISBN 979-11-86550-66-3   03810
값 10,000원

부산광역시 BUSAN METROPOLITAN CITY   B.CT 부산문화재단 BUSAN CULTURAL FOUNDATION

• 본 시집은 2018년 부산광역시, 부산문화재단 지역문화예술특성화지원사업으로 발간되었습니다.